U0087728

我和我的新媽咪

蕾娜塔・葛林多／文圖　謝靜雯／譯

三民書局

當我一開始來跟新媽咪
住的時候，我好緊張。
這裡就要成為我的家了。

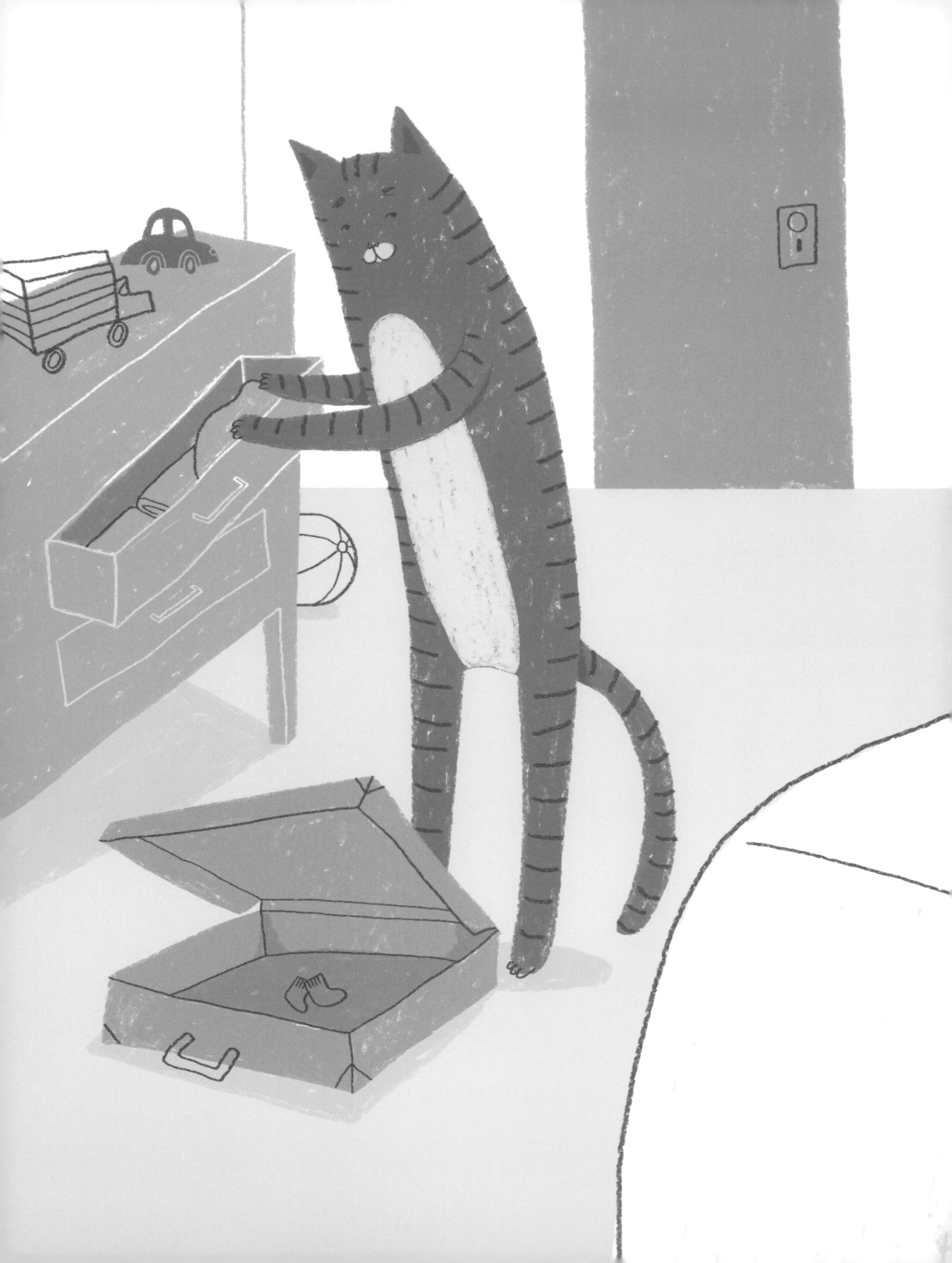

我以前從來沒有
自己的房間。

我很擔心我看起來不像媽咪。

所以我試著解決這個問題。

但是媽咪說我不必這麼做。

我們長得不一樣，
可是她喜歡這樣。

其實，我想我也是。

（而且誰在乎其他人怎麼想！）

媽咪會陪我一起玩，

也會照顧我。

所有媽咪會做的事情，她都會做——

連讓我生氣的事也不例外！

有時候我不喜歡媽咪。

有時候我覺得很傷心。

可是媽咪向我保證，一切都會沒事的。

她說如果我們再努力一點，

明天會更好。

……一點也沒錯！

媽咪在學習怎麼當我的媽咪，
而我在學習怎麼當媽咪的小孩。

我們都在學習怎麼當一家人。

獻給瑪麗寶和楚伊，
還有各式各樣的新家庭。

© 我和我的新媽咪

文　圖	蕾娜塔・葛林多
譯　者	謝靜雯
責任編輯	徐子茹
美術設計	郭雅萍
版權經理	黃瓊蕙
發 行 人	劉振強
發 行 所	三民書局股份有限公司
	地址　臺北市復興北路386號
	電話　(02)25006600
	郵撥帳號　0009998-5
門 市 部	（復北店）臺北市復興北路386號
	（重南店）臺北市重慶南路一段61號
出版日期	初版一刷　2019年1月
編　號	S 858681

行政院新聞局登記證局版臺業字第〇二〇〇號

ISBN　978-957-14-6532-6　（精裝）

http://www.sanmin.com.tw　三民網路書店
※本書如有缺頁、破損或裝訂錯誤，請寄回本公司更換。

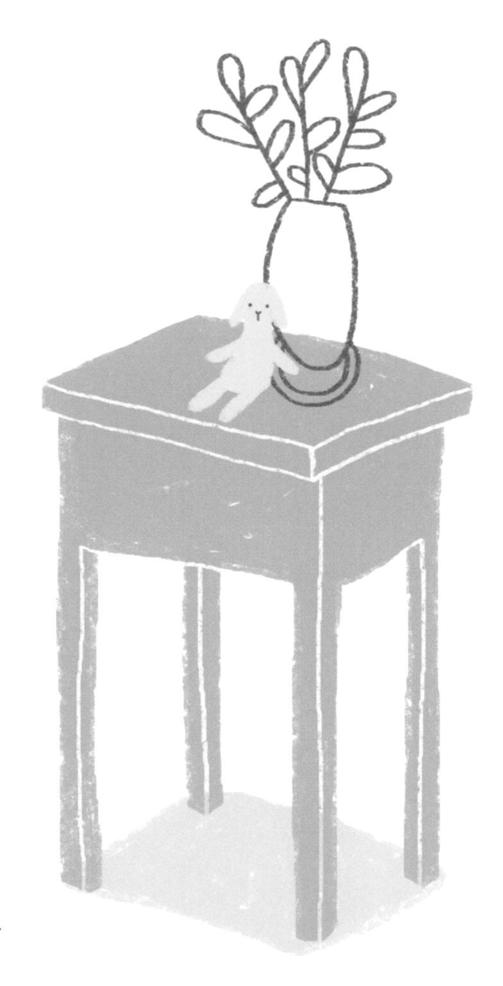